Né en 1718, à l'apogée de l'époque libertine, fils d'un marchand de chevaux et très tôt destiné à ce commerce, Pierre-Thomas-Nicolas Hurtaut préfère la littérature et devient professeur de latin à l'École militaire. Il commence sa carrière d'écrivain en dédiant à la « belle madame de *** » son premier ouvrage, en 1748, *Le Voyage d'Aniers* (Asnières), qui s'avère être un texte poétique libertin et facétieux. À 32 ans, il fait paraître anonymement *L'Art de péter* qui connaît un grand succès et sera réédité plusieurs fois tout au long des XVIIIe et XIXe siècles.

Philosophe des Lumières unique en son genre, sa bibliographie compte bon nombre d'ouvrages sérieux en histoire, en géographie ou en iconologie ; il s'improvise aussi poète à la cour du roi Louis XV à l'occasion du mariage du dauphin Louis et de l'archiduchesse Marie-Antoinette ou encore médecin des dames avec ses essais hilarants sur les flux menstruels. Grand amuseur de la Cour, il ne survit pas longtemps à sa disparition et meurt à Paris en 1791.

Pierre-Thomas-Nicolas Hurtaut

L'ART DE PÉTER

*Manuel théorique à l'usage
des personnes constipées, graves,
mélancoliques et tristes*

Points

ISBN 978-2-7578-2195-4

© Éditions Points, février 2011, pour la présente édition

AVIS AU LECTEUR

Il est honteux, lecteur, que, depuis le temps que vous *pétez*, vous ne sachiez pas encore comment vous le faites, et comment vous devez le faire.

On s'imagine communément que les *pets* ne diffèrent que du petit au grand, et qu'au fond ils sont tous de la même espèce : erreur grossière.

Cette matière que je vous offre aujourd'hui, analysée avec toute l'exactitude possible, avait été extrêmement négligée jusqu'à présent ; non pas qu'on la jugeât indigne d'être maniée, mais parce qu'on ne l'estimait pas susceptible d'une certaine méthode et de nouvelles découvertes. On se trompait.

Péter est un art, et, par conséquent, une chose utile à la vie, comme disent Lucien, Hermogène, Quintilien, etc. Il est en effet plus essentiel qu'on ne pense ordinairement de savoir *péter* à propos.

Un pet qui, pour sortir, a fait un vain effort,
Dans les flancs déchirés reportant sa furie,
    Souvent cause la mort.
D'un mortel constipé qui touche au sombre bord,
Un pet, à temps lâché, pourrait sauver la vie.

Enfin on peut péter avec règle et avec goût, comme je vous le ferai sentir dans toute la suite de cet ouvrage.

Je ne balance donc pas à faire part au public de mes recherches et de mes découvertes, sur un art dont on ne trouve rien de satisfaisant dans les plus amples dictionnaires : et, en effet, il n'y est pas question (chose incroyable) de la nomenclature même de cet art, dont je présente aujourd'hui les principes aux curieux.

PETERIANA,
OU
L'ART DE PÉTER

I

Définition du pet en général

Le *pet* que les Grecs nomment πορδή ; les Latins, *Crepitus ventris* ; l'ancien saxon, *Purten* ou *Furten* ; le haut allemand, *Fartzen* ; et l'Anglais, *Fart*, est un composé de vents qui sortent tantôt avec bruit, et tantôt sourdement et sans en faire.

Il y a néanmoins des auteurs assez bornés et même assez téméraires pour soutenir avec absurdité, arrogance et opiniâtreté, malgré Calepin et tous les autres dictionnaires faits ou à faire, que le mot *pet*, proprement pris, c'est-à-dire dans son sens naturel, ne doit s'entendre que de celui qu'on lâche avec bruit ; et ils se fondent sur ce vers d'Horace qui ne suffit point pour donner l'idée complète du *pet* :

Nam displosa sonat quantum Vesica pepedi.
Sat. 8.

Ce qui veut dire : J'ai *pété* avec autant de tintamarre qu'en pourrait faire une vessie bien soufflée.

Mais qui ne sent pas qu'Horace, dans ce vers, a pris le mot *pedere*, péter, dans un sens générique ? et qu'était-il besoin, pour faire entendre que le mot *pedere* signifie un son clair, qu'il se restreignît à expliquer l'espèce de *pet* qui éclate en sortant ? Saint Évremond, cet agréable philosophe, avait une idée du *pet* bien différente de celle qu'en a prise le vulgaire : selon lui, c'était un soupir ; et il disait un jour à sa maîtresse devant laquelle il avait fait un *pet* :

> Mon cœur, outré de déplaisirs,
> Était si gros de ses soupirs,
> Voyant votre humeur si farouche,
> Que l'un d'eux se voyant réduit
> À n'oser sortir par la bouche,
> Sortit par un autre conduit.

Le *pet* est donc, en général, *un vent renfermé dans le ventre*, causé, comme les médecins le prétendent, *par le débordement d'une pituite attiédie, qu'une chaleur faible a atténuée et détachée sans la dissoudre* ; ou produite, selon les paysans et le vulgaire, par l'usage de quelques ingrédients venteux ou d'aliments de même nature. On peut encore le définir : *un air comprimé, qui, cherchant à s'échapper, parcourt les parties internes du corps, et sort enfin avec précipitation quand il trouve une issue que la bienséance empêche de nommer.*

Mais nous ne cachons rien ici ; cet être se manifeste par *l'anus*, soit par un éclat, soit sans éclat ; et tantôt la nature le chasse sans efforts, et tantôt l'on invoque le secours de l'art, qui, à l'aide de cette même nature, lui procure une naissance aisée, cause de délectation, souvent même de la volupté. C'est ce qui a donné lieu au proverbe, que

> Pour vivre sain et longuement,
> Il faut donner à son cul vent.

Mais revenons à notre définition, et prouvons qu'elle est conforme aux règles les plus saines de la philosophie, parce qu'elle renferme le genre, la matière et la différence, *quia nempe conflat genere materiâ et differentiâ*. 1°. Elle renferme toutes les causes et les espèces ; nous le verrons par ordre ; 2°. Comme elle est constante par le genre, il n'y a point de doute qu'elle ne le soit aussi par sa cause éloignée, qui est celle qui engendre les vents, savoir la pituite et les aliments mal atténués. Discutons ceci avec fondement, avant de fourrer le nez dans les espèces.

Nous disons donc que la matière du *pet* est attiédie et légèrement atténuée.

Car de même qu'il ne pleut jamais dans les pays les plus chauds, ni dans les plus froids, la trop grande chaleur absorbant, dans ces premiers climats, toutes sortes de fumées et de vapeurs, et l'excessive gelée empêchant, dans les autres, l'exhalation des fumées ; comme au contraire il pleut dans les régions moyennes et tempérées (comme l'ont très bien observé Bodin, *meth.*

hist., Scaliger et Cardan) : de même aussi lorsque la chaleur est excessive, non seulement elle broie et atténue les aliments, mais elle dissout et consume toutes les vapeurs, ce que le froid ne saurait faire, et c'est ce qui l'empêche de produire la moindre fumée. Le contraire arrive lorsque la chaleur est douce et tempérée. Sa faiblesse l'empêche de cuire parfaitement les aliments ; et ne les atténuant que légèrement, la pituite du ventricule et des intestins peut exciter beaucoup de vents qui deviennent plus énergiques en proportion de la ventosité des aliments, lesquels, mis en fermentation par la chaleur médiocre, procurent des fumées fort épaisses et tourbillonnantes. On sent cela nettement par la comparaison du printemps et de l'automne, avec l'été et l'hiver, et par l'art de la distillation au feu médiocre.

II

Des différences du pet,
notamment du pet et du rot,
et démonstration totale
de la définition du pet

Nous avons dit plus haut que le *pet* sort par l'anus. C'est en quoi il diffère du *rot*, ou *rapport espagnol*. Celui-ci, quoique formé de la même matière, mais dans l'estomac, s'échappe par en haut, à cause du voisinage de l'issue, ou de la dureté et réplétion du ventre, ou de quelques autres obstacles qui ne lui permettent pas de prendre les voies inférieures. Selon nos formalités, le *rot* va de pair avec le *pet*, quoique, selon quelques-uns, il soit plus odieux que le pet même : mais n'a-t-on point vu, à la cour de Louis le Grand, un ambassadeur, au milieu de la splendeur et de la magnificence qu'étalait à ses yeux étonnés cet auguste monarque, lâcher un *rot* des plus mâles, et assurer que dans son pays le *rot* faisait partie de la noble gravité qui y régnait ? On ne doit donc pas conclure plus défavorablement contre l'un que contre l'autre ; et que le vent sorte par en haut ou par en bas, il y a parité, et il ne doit rester aucun scrupule là-dessus. En effet, nous lisons dans Furetière (tome 2 de son *Dictionnaire universel*) que, dans le comté de Suffolk, un vassal devait faire devant le roi, tous les jours de Noël, un saut, un rot, et un pet.

Mais il ne faut pas mettre le *rot* dans la classe des vents coliquatifs, ni dans celle du murmure et du gazouillement du ventre qui sont aussi des vents du même genre, et qui, grondant dans les intestins, tardent à se manifester, et sont comme le prologue d'une comédie, ou les avant-coureurs d'une tempête prochaine. Les filles et les femmes qui se serrent étroitement pour se dégager la taille y sont particulièrement sujettes. Dans elles, selon *Fernel*, l'intestin, que les médecins appellent *Cænum*, est si flatueux et si distendu que les vents qu'il contient ne font pas un moindre combat, dans la capacité du ventre, que n'en faisaient autrefois ceux qu'Éole retenait dans les cavernes de ses montagnes d'Éolie : en sorte qu'on pourrait à leur faveur entreprendre un voyage de long cours sur mer, ou au moins en faire tourner les moulins à vent.

Il ne nous reste plus ici, pour la preuve complète de notre définition, qu'à parler de la cause finale du pet, qui tantôt est la santé du corps désirée par la nature, et tantôt une délectation ou un plaisir procuré par l'art : mais nous remettons à en traiter avec les effets. Voyez le chapitre qui en parle. Cependant nous observons

que nous n'admettons point, et que nous dés-
avouons toute fin contraire au bon goût et à la
santé, de pareils abus ne pouvant trouver place
poliment et honnêtement au nombre des fins rai-
sonnables et délectantes.

III

Division du pet

Après avoir expliqué la nature et la cause du *pet*, il nous reste à procéder à sa juste division, et à examiner ses espèces différentes, pour les définir ensuite relativement à leurs affections.

PROBLÈME

Il s'élève ici naturellement une question : la voici.

Comment faire, dira-t-on, la juste division d'un *pet* ? C'est un incrédule qui parle. Faut-il le mesurer à l'aune, au pied, à la pinte, au boisseau ? Car, *quæ sunt cadem uni tertio, sunt cadem inter se*. Non : et voici la solution qu'en a donnée un excellent chimiste ; rien même de plus facile et de plus naturel.

Enfoncez, dit-il, votre nez dans l'anus ; la cloison du nez divisant l'anus également, vos narines formeront les bassins de la balance dont votre nez servira alors. Si vous sentez de la pesanteur en mesurant le *pet* qui sortira, ce sera un signe qu'il faudra le prendre au poids ; s'il est dur, à l'aune ou au pied ; s'il est liquide, à la pinte ; s'il est grumeleux, au boisseau, etc., mais si vous le trouvez trop petit pour faire l'expérience, faites comme les gentilshommes verriers ; soufflez au moule tant qu'il vous plaira, je veux dire jusqu'à ce qu'il ait acquis un volume raisonnable.

Mais parlons sérieusement.

Les grimauds de grammaire divisent les lettres en voyelles et en consonnes ; ces messieurs effleurent ordinairement la matière : mais nous qui faisons profession de la faire sentir et goûter telle qu'elle est, nous divisons les *pets* en *vocaux*, et en *muets* ou *vesses* proprement dits.

Les *pets vocaux*, sont naturellement appelés *pétards*, du mot *péter*, relativement aux espèces différentes de sons qu'ils produisent, comme si le bas-ventre était rempli de pétards. Consultez là-dessus Willichius Jadochus dans ses thèses du *pétard*.

Or, le *pétard* est un éclat bruyant, engendré par des vapeurs sèches.

Il est *grand* ou *petit*, selon la variété de ses causes ou de ses circonstances.

Le grand *pétard* est *pleni-vocal*, ou *vocal*, par excellence ; et le petit s'appelle *semi-vocal*.

DU PLENI-VOCAL, OU GRAND PET

Le *grand pet-pétard*, ou *pleni-vocal-plein*, se manifeste avec grand bruit, non seulement en raison du calibre ample et spacieux qui le produit, comme celui des paysans ; mais encore à cause de la grande multitude de vents causés par la déglutition d'une quantité considérable d'aliments flatueux, ou par la médiocrité de la chaleur naturelle du ventricule et des intestins. On peut comparer ce phénix des pets à l'explosion des canons, des grosses vessies, et du vent des pédales, etc. La démonstration des tonnerres par Aristophane n'en donnerait qu'une très faible idée ; elle n'est point palpable comme celle des canons, et comme une décharge faite pour renverser des murs, ou pour ouvrir un bataillon, ou pour saluer un seigneur qui arrive dans une ville, etc.

OBJECTION

Des adversaires du pet

Ce n'est point par le son que le *pet* nous choque, disent-ils : s'il n'avait que des impromptus harmonieux, loin de nous offenser, il saurait nous plaire ; mais il est toujours suivi d'une odeur disgracieuse qui compose son essence, et qui afflige notre odorat : voilà en quoi il est coupable. Il ne s'est pas plutôt fait entendre, qu'il disperse des corpuscules infects qui troublent la sérénité de nos visages : quelquefois même assez traître pour nous porter des coups qu'il ne nous a pas laissés prévoir, il vient nous attaquer à la sourdine ; assez souvent précédé d'un bruit sourd, il se fait suivre de plus honteux satellites, et ne laisse jamais aucun doute sur sa mauvaise compagnie.

RÉPONSE

C'est bien mal connaître le *pet* que de le croire si criminel et coupable de tant de grossièretés. Le *vrai pet*, ou le *pet clair*, n'a point d'odeur, ou du moins si peu qu'elle n'a pas assez de force pour traverser l'espace qui se trouve entre son embouchure et le nez des assistants. Le mot latin *Crepitus*, qui exprime le *pet*, ne signifie qu'un bruit sans odeur ; mais on le confond ordinairement avec deux autres ventuosités malfaisantes, dont l'une attriste l'odorat, et se nomme vulgairement *vesse*, ou, si l'on veut, *pet muet*, ou *pet féminin* ; et l'autre qui présente le plus hideux spectacle, que l'on nomme *pet épais*, ou *pet de maçon*. Voilà le faux principe sur lequel se fondent les ennemis du pet ; mais il est aisé de les confondre, en leur montrant que le *vrai pet* est réellement distingué des deux monstres dont on vient de donner une notion générale.

Tout air qui s'entonne dans le corps, et qui, après y avoir été comprimé, s'en échappe, se nomme *ventosité* ; et par là le *pet clair*, la *vesse* et le *pet de maçon* conviennent entre eux comme dans leur genre : mais le plus ou le moins de séjour qu'ils font dans le corps, le plus ou le moins d'aisance qu'ils trouvent à s'échapper constituent leur différence, et les rendent totalement dissemblables. Le *pet clair*, après s'être entonné dans le corps, parcourt sans obstacles les différentes parties internes qui se trouvent sur son passage, et sort avec plus ou moins de fracas. Le *pet épais* ou *de maçon*, après avoir tenté plusieurs fois de s'échapper, trouvant toujours les mêmes obstacles, rebrousse chemin, parcourt souvent le même espace, s'échauffe, et se charge de différentes parties de matière grasse qu'il détache en chemin : ainsi affaissé par son propre poids, il vient se réfugier dans la basse région ; et se trouvant enveloppé d'une matière trop fluide, qui n'attendait elle-même que le moindre mouvement pour faire irruption, il décampe enfin sans beaucoup de bruit, et entraîne avec lui tout le butin dont il s'est chargé. La *vesse*, également gênée et retenue au passage, fait le même voyage que le *pet de maçon* : elle s'échauffe également, se charge en chemin de parties grasses, vient solliciter sa sortie par les Pays-Bas, avec cette différence que, trouvant un terrain sec et aride, elle déloge sans aucun bruit, et fait part, en sortant, de ce qu'elle a de plus disgracieux pour l'odorat.

Mais, après avoir répondu aux objections des adversaires du *pet*, reprenons notre division.

Or, ces *pets* ressemblent aux canons, etc., ou aux tonnerres d'Aristophane, comme on voudra. Quoi qu'il en soit, ils sont *simples* ou *composés*.

Les *pets simples* consistent dans un grand coup, seul et momentané. Priape les compare,

comme nous l'avons déjà vu, à des outres cre-
vées.

Displosa sonat quantum vesica

Ils se font, lorsque la matière est composée de
parties homogènes, lorsqu'elle est abondante,
lorsque la fissure par où elle sort est assez large
ou assez distendue, ou enfin lorsque le sujet qui
les pousse est robuste et ne fait qu'un seul effort.

Les *pets composés* partent par plusieurs grands
coups, et éclat par éclat : semblables à des vents
continuels qui se succèdent les uns aux autres, à
peu près comme quinze ou vingt coups de fusil
tirés de suite, et comme circulairement. On les
nomme *Diphtongues*, et l'on soutient qu'une
personne d'une forte constitution en pourrait
faire une vingtaine tout d'une tire.

IV

Analyse du pet diphtongue

Le *pet* est *diphtongue* lorsque l'orifice est bien large, que la matière est copieuse, les parties inégales, mêlées à la fois d'humeurs chaudes et tenues, froides et épaisses ; ou lorsque la matière ayant un foyer varié, elle est obligée de refluer dans différentes parties des intestins.

Alors elle ne peut être résoute d'une seule fonte, ni se contenir dans les mêmes cellules intestinales, ni être chassée d'un seul effort. Elle est donc obligée de s'échapper avec éloquence à intervalles variées et inégaux, jusqu'à ce qu'il n'en reste plus, c'est-à-dire jusqu'au dernier souffle. Et voilà pourquoi le son se fait entendre à mesures inégales, et pourquoi, pour peu qu'on fasse d'efforts, on entend une canonnade plus ou moins nombreuse, où l'on croit que s'articulent des syllabes diphtonguées, telles que celles-ci, *pa pa pax, pa pa pa pax, pa pa pa pa pax*, etc. ARISTOPH. *in nubib.* parce qu'alors l'anus ne se referme pas exactement, et que la matière est victorieuse de la nature.

Rien de plus joli que le mécanisme des *pets*

diphtongues, et c'est à l'anus seul auquel on en a l'obligation.

D'abord :

1º. Il faut le supposer assez ample par lui-même, et entouré d'un *sphincter* fort élastique.

2º. Il faut une suffisante quantité de matière égale pour produire d'abord un *pet simple*.

3º. Après le premier coup, que l'anus se referme malgré lui, mais non pas cependant si exactement, que la matière qui doit être plus forte que la nature ne puisse point l'obliger de s'écarter, et lui susciter de l'orgasme (de l'irritation).

4º. Qu'il se referme un peu, et se rouvre ensuite, toujours alternativement ; et combat ainsi avec la nature qui tend toujours à expulser la matière et à la dissoudre.

5º. Enfin, qu'il retienne, si le cas l'exige, le reste des vents pour les rendre dans un temps plus commode. On peut appliquer ici l'épigramme de Martial, *liv.* 12, où il dit : *et pedit deciesque viciesque*, etc. Mais nous en parlerons ailleurs.

C'est, sans doute, de ces *pets diphtongues* dont Horace fait l'histoire à l'occasion de Priape. Il raconte qu'un jour ce dieu incivil en lâcha un terrible, qui effaroucha une troupe de sorcières occupées à des enchantements dans son voisinage. En effet, si ce *pet* n'eût été que *simple*, vraisemblablement les sorcières n'eussent point été effrayées, et n'eussent point abandonné leurs travaux magiques ni leurs serpents, pour se réfugier à toutes jambes dans la ville ; mais il est probable que Priape commença par un *pet simple* avec éclat, tel que celui d'une vessie bien tendue ; mais que ce bruit fut aussitôt suivi d'un *pet diphtongue*, et celui-ci d'un autre encore plus fort, qui épouvantèrent les magiciennes déjà effrayées, et les contraignirent de prendre effectivement la fuite. Horace ne s'explique point là-dessus ; mais il est visible qu'il n'en a voulu rien dire dans la crainte d'être diffus, et qu'il ne s'est tu que parce qu'il savait que chacun en était informé. Cette petite remarque nous a paru nécessaire, et convenir à l'explication de ce passage qui ne peut paraître obscur et difficile qu'à ceux qui ne savent point de physique : nous n'en dirons pas davantage.

V

Malheurs et accidents causés par les pets diphtongues

Histoire d'un pet qui fit enfuir le diable et le rendit bien sot. Maisons délivrées des diables par la médiation des pets diphtongues. Raisons et axiomes.

Si le *pet diphtongue* est plus terrible que le tonnerre, et s'il est constant que la foudre qui le suit a écrasé une infinité de personnes, a rendu sourds les uns, et hébétés les autres, il est donc hors de doute qu'un *pet diphtongue*, s'il ne foudroie pas, est capable non seulement de causer tous les accidents du tonnerre, mais encore de tuer sur-le-champ les gens faibles, d'un génie pusillanime et susceptibles de préjugés. Nous portons ce jugement en raison des ingrédients dont il est formé, et de l'extrême compression de l'air, qui, devenu libre, ébranle tellement en sortant les colonnes de l'air extérieur, qu'il peut détruire, déchirer et arracher en un clin d'œil les fibres les plus délicates du cerveau, donner ensuite un mouvement de rotation rapide à la tête, la faire tourner sur les épaules comme une girouette, briser à la septième vertèbre l'étui de la moelle allongée, et par cette destruction donner la mort.

Toutes ces causes sont produites par l'usage des raves, des aulx, des pois, des fèves, des navets, et en général par tous les aliments venteux dont on connaît les vertus maléficientes, et qui forment le son clair, successif et court par intervalles que l'on entend lors de l'éruption du pet. Hélas ! combien de poulets tués dans les œufs, combien de poulets avortés ou étouffés dans le sein de leurs mères par la force de l'explosion ! Le diable même en a pris la fuite plus d'une fois.

Entre plusieurs histoires qu'on lit à ce sujet, je vais en rapporter une, dont la vérité est constante.

Le diable tourmentait depuis longtemps un homme pour qu'il se donnât à lui. Cet homme ne pouvant plus résister aux persécutions du malin esprit, y consentit sous trois conditions qu'il lui proposa sur-le-champ. 1°. Il lui demanda une grande quantité d'or et d'argent ; il la reçut dans l'instant. 2°. Il exigea qu'il le rendît invisible ; le diable lui en enseigna les moyens, et lui en fit faire l'expérience sans l'abandonner. Enfin cet homme était fort embarrassé sur ce qu'il lui proposerait en troisième lieu, qui pût mettre le diable dans l'impossibilité de le satisfaire ; et comme son génie ne lui fournissait point à l'instant l'expédient qu'il en attendait, il fut saisi d'une peur dont l'excès le servit par hasard fort heureusement, et le sauva de la griffe. On rapporte que dans ce moment critique il lui échappa un pet diphtongue dont le tapage ressemblait à celui d'une décharge de mousqueterie. Alors, saisissant avec présence d'esprit cette occasion, il dit au diable : *Je veux que tu m'enfiles tous ces pets, et je suis à toi.* Le diable essaya l'enfilement ; mais quoiqu'il présentât d'un côté le trou de l'aiguille, et qu'il tirât de l'autre à belles dents, il ne put jamais en venir à bout. D'ailleurs, épouvanté par l'horrible tintamarre de ce pet, que les échos d'alentour avaient répudié ; et confus, forcené même, de se voir pris pour dupe, il s'enfuit en lâchant une vesse infernale qui infecta tous les environs, et délivra de la sorte ce malheureux du danger éminent qu'il avait couru.

Il n'est pas moins constant par tout l'univers, dans tous les royaumes, les républiques, les villes, les villages, les hameaux, dans toutes les familles et les châteaux des campagnes où il y a des bonnes, des vieilles et des bergers, dans les livres et les histoires anciennes, qu'il s'est trouvé une infinité de maisons délivrées des diables par le secours des *pets*, sans doute des *pets diphtongues*. En effet, c'est le plus grand spécifique que nous connaissions pour bannir le diable ; et *L'Art de péter* que nous présentons aujourd'hui, en nous faisant des amis, nous attirera certainement la bénédiction des peuples qui en sont tourmentés. Nous sommes persuadés *qu'il faut tromper l'art par l'art, la fourbe par la fourbe ; qu'un clou pousse l'autre ; qu'une grande lumière en efface une petite ; et que les sons, les odeurs, etc., en absorbent d'autres moins fortes ;* partant, l'ange des ténèbres sera offusqué par le flambeau que nous mettons dans la main des malheureux qu'il séduira, et quiconque le tiendra n'aura plus rien à craindre.

Le pet diphtongue est un petit *tonnerre de poche*, que l'on trouve au besoin ; sa vertu et sa salubrité sont actives et rétroactives ; il est d'un prix infini, et a été reconnu pour tel dans l'Antiquité la plus reculée ; de là le proverbe romain ; *qu'un gros pet vaut un talent*.

Ordinairement le *pet diphtongue* n'a pas de mauvaise odeur, à moins qu'il ne soit engendré de quelque putréfaction dans les intestins, ou qu'il n'ait séjourné et couvé trop longtemps dedans ou dessous un être mort qui commençait à se pourrir, ou à moins que les aliments que l'on a pris n'aient été corrompus eux-mêmes. Pour en faire le discernement, j'en appelle à l'odorat le plus fin ; le mien n'y réussirait pas, et le lecteur n'est peut-être point enrhumé du cerveau comme moi.

VI

Du semi-vocal ou petit pet

Le *petit pet*, ou le *semi-vocal*, est celui qui sort avec moins de fracas que le grand, soit à cause de l'embouchure, ou de l'issue trop étroite du canal par où il s'exprime (comme sont ceux des demoiselles) ; soit à cause de la petite quantité de vents qui se trouvent renfermés dans les intestins.

Ce pet se divise en *clair, moyen et aspiré*.

DU PET CLAIR

Ce pet est *semi-vocal*, ou *petit pet*, composé d'une matière très sèche et très déliée, qui, se portant avec douceur le long du canal de sortie, qui est fort étroit, soufflerait à peine une paille. On l'appelle vulgairement *pet de demoiselles* ; il n'alarme point les nez sensuels, et n'est point indécent comme la *vesse* et le *pet de maçon*.

DU PET ASPIRÉ

Le pet *aspiré* est un pet *semi-vocal*, composé d'une matière humide et obscure. Pour en donner l'idée et le goût, je ne saurais mieux le comparer qu'à un pet d'oie, et peu importe que le calibre qui le produit soit large ou étroit ; il est si chétif qu'on sent bien qu'il n'est qu'un avorton. C'est le pet ordinaire des *boulangères*.

DU PET MOYEN

Ce dernier tient en quelque sorte un juste milieu entre le *pet clair* et le *pet aspiré* ; parce que la matière homogène dont il est composé étant de qualité et de quantité médiocres, et se trouvant bien digérée, elle sort d'elle-même sans le moindre effort par l'orifice, qui, pour lors, n'est ni trop serré ni trop ouvert. C'est le pet de ceux qui s'ennuient de leur pucelage, et des femmes de bourgmestres.

CAUSE DE PETS PRÉCÉDENTS

Il y a trois *causes* principales de la variété dans ces trois genres de pets comme dans tous les autres ; savoir : la *matière du vent*, la *nature du canal*, et la *force du sujet*.

1°. Plus la matière du vent est sèche, plus le son du pet est clair ; plus elle est humide, plus il est obscur ; plus elle est égale et de même nature, plus il est simple ; et plus elle est hétérogène, plus le pet est multisonore.

2°. Par rapport à la nature du canal, plus il sera étroit, plus le son sera aigu ; plus il sera large, plus le son aura de gravité. La preuve résulte de la délicatesse ou de la grosseur des intestins, dont l'inanition ou la plénitude fait beaucoup au son : car on sait que ce qui est vide est plus sonore que ce qui est plein.

Enfin la troisième cause de la différence du son consiste dans la vigueur et dans les forces du sujet ; car plus la nature pousse fortement et vigoureusement, plus le bruit du pet est grand, et plus ce dernier est étoffé.

Il est donc clair que c'est de la différence des causes que naît celle des sons. On le prouve facilement par l'exemple des flûtes, des trompettes et des flageolets. Une flûte à parois épaisses et larges donne un son obscur ; une flûte mince et étroite en rend un clair ; et enfin, une flûte dont les parois tiennent le milieu entre l'épais et le mince rend un son mitoyen. La constitution de l'agent est encore une cause qui prouve cette assertion. Que quelqu'un, par exemple, qui a le vent bon, embouche une trompette, il en tirera infailliblement des sons très forts ; et le contraire arrivera, s'il a l'haleine faible et courte. Disons donc que les instruments à vent sont bien inventés et bien utiles pour l'appréciation des pets ; que par eux on tire des conjectures très certaines, s'il y en a, de la différence des sons des pets. Ô admirables flûtes, tendres flageolets, graves cors de chasse ! etc., vous êtes bien faits pour être cités dans l'art de péter quand on vous embouche mal : et vous savez rendre une raison juste d'un son perçant ou grave, quand une bouche habile vous fait résonner : soufflez donc habilement, musiciens.

VII

Question musicale – Duo singulier –
Belle invention pour faire entendre
un concert à un sourd

Un savant allemand a proposé ici une question fort difficile à résoudre ; savoir s'il peut y avoir de la musique dans les pets ?

Distinguo : il y a de la musique dans les pets diphtongues, *concedo :* dans les autres pets, *nego.*

La musique qui résulte des pets *diphtongues* n'est pas de celles qui s'expriment par la voix, ou par l'impulsion de quelque chose de sonore, comme d'un violon, d'une guitare, d'un clavecin, etc. Elle ne dépend que du mécanisme du sphincter de l'anus qui, se resserrant ou s'élargissant plus ou moins, forme des sons tantôt graves et tantôt aigus : mais la musique en question est du genre de celle qui s'opère par le souffle ; et, comme nous l'avons dit plus haut, elle est analogue aux sons de la flûte, de la trompette, des flageolets, etc. Or, les *pets diphtongues* sont les seuls capables de faire de la musique, par leur nature, comme on peut le voir, *Chapitre III*, de la

Division du pet ; donc il peut y avoir de la musique dans les pets. L'exemple suivant éclaircira encore mieux la question.

Deux petits garçons, mes compagnons d'école, avaient chacun un talent dont ils s'amusaient souvent et moi aussi : L'un rotait tant qu'il voulait sur différents tons, et l'autre pétait de même : le dernier, pour y mettre plus d'élégance et de raffinement, se servait d'un petit clayon à égoutter des fromages, sur lequel il ajustait une feuille de papier ; puis s'asseyant dessus, à nu, et tortillant les fesses, il rendait des sons organiques et flûtés de toute espèce. J'avoue que la musique n'en était pas bien harmonieuse, ni les modulations fort savantes ; qu'il serait même difficile d'imaginer des règles de chant pour un pareil concert, et de faire aller ensemble comme il faut les bas et hauts dessus, les tailles et basses-tailles, les hautes et basses-contres : mais j'ose avancer qu'un habile maître de musique en pourrait tirer un système original digne d'être transmis à la postérité, et inscrit dans l'art de la composition : c'est une diatonique distribuée à la pythagoricienne, dont on trouvera les *Chroma* en serrant les dents. On y réussirait certainement, en ne s'écartant point des principes et des notions que nous avons donnés précédemment. Le tempérament et le régime des personnes serviront, dans cette opération, de flambeau et de boussole.

Veut-on obtenir des sons aigus ? adressez-vous à un corps rempli de fumées subtiles et à un anus étroit. Voulez-vous des sons deux fois plus graves ? faites jouer un ventre plein de fumées épaisses, et un canal large. Le sac à vents secs ne rendra que des sons clairs ; le sac à vents humides n'en produira que d'obscurs. En un mot, le bas-ventre est un orgue poly-phtongue qui rend plusieurs sons, d'où l'on peut, sans se gêner beaucoup, tirer, comme d'un magasin, au moins douze tropes ou modes de sons, dont on choisira seulement ceux qui sont consacrés aux agréments, tels que le *Lyxoleidien*, l'*Hypolyxoleidien*, le *Dorique*, et l'*Hypodorique* : car, en les employant tous indistinctement, et en affectant les *semi-vocaux*, on diminuerait les sons au point qu'on ne les entendrait pas ; ou on ferait, à l'unisson, plu-sieurs sons aigus ou graves qui rendraient la musique insipide, et désagréable ; ce qu'on ne tolérerait tout au plus que dans un charivari ou un grand chœur. Un axiome de philosophie met-tra en garde contre cet inconvénient ; ce qui est trop sensible détruit le sentiment : *à sensibili in supremo gradu destruitur sensibile*. On ne fera donc rien que de modéré, et l'on sera sûr de plaire ; autrement on épouvanterait, en imitant les sons bruyants des cataractes de Schaffhouse, des montagnes d'Espagne, des sauts du Niagara ou de Montmorency dans le Canada, qui rendent les hommes sourds et font avorter les femelles avant qu'elles soient grosses.

Cependant le son ne doit pas être si faible qu'il fatigue l'auditeur en lui faisant faire de trop grands efforts, et l'obligeant d'apporter trop d'attention pour l'entendre. En tout il y a un milieu à garder.

Est modus in rebus, sunt certi denique fines,
Quos ultrà citràque nequit consistere rectum.

En gardant soigneusement ce conseil d'Horace, on fera toujours bien, et l'on sera applaudi.

Mais avant que de finir ce chapitre, je ne saurais me dispenser, en bon citoyen qui cherche à dédommager, autant qu'il est en lui, des torts de la nature ceux de ses amis envers lesquels elle a usé de rigueur ; je ne saurais, dis-je, me dispenser de communiquer un moyen par lequel on pourra faire participer un sourd à cette musique.

Qu'il prenne une pipe à fumer, qu'il en applique la tête à l'*anus* d'un concertant, qu'il tienne l'extrémité du tuyau entre les dents ; par le bénéfice de contingence il saisira tous les intervalles des sons dans toute leur étendue et leur douceur. Nous en avons plusieurs exemples dans Cardan et Baptiste Porta de Naples. Et si quelque autre personne qu'un sourd, de quelque qualité et condition qu'il soit, veut avoir ce plaisir et participer au goût, il pourra, comme le sourd, tirer fortement son vent ; alors il recevra toutes les sensations et toute la volupté qu'il pourrait prétendre.

VIII

Des pets muets,
malproprement dits vesses
Diagnostic et pronostic

Cessons d'articuler, et faisons-nous comprendre maintenant sans parler.

Les *pets muets*, vulgairement appelés *vesses*, n'ont point de son, et se forment d'une petite quantité de vents très humides.

On les appelle en latin *Visia*, du verbe *visire* ; en allemand, *Feisten*, et en anglais, *Fitch* ou *Vetch*.

Les *vesses* sont ou *sèches* ou *foireuses*. Les *sèches* sortent sans bruit, et n'entraînent point avec elles de matière épaisse.

Les *foireuses* sont, au contraire, composées d'un vent taciturne et obscur. Elles emportent toujours avec elles un peu de matière liquide : les *vesses* ont la vélocité d'une flèche ou de la foudre, et sont insupportables à la société, par l'odeur fétide qu'elles rendent ; si l'on regarde dans sa chemise, on verra le corps du délit qu'elles y impriment ordinairement. C'est une règle établie par Jean Despautere, qu'une liquide jointe à une muette dans la même syllabe fait brève la voyelle douteuse ; ce qui signifie que l'effet de la vesse foireuse est très prompt. *Cum mutâ liquidam jungens in* syllabâ *eâdem, ancipitem pones vocalem quæ brevis esto.* J'ai lu quelque part qu'un diable du pays latin voulant un jour lâcher un pet ne fit qu'une *vesse foireuse*, dont il emberna ses culottes ; et que maudissant la trahison de son derrière, il s'écria avec colère et indignation : *Nusquam tuta fides*, il n'y a donc plus de bonne foi dans le monde ! Ceux-là font donc très bien, qui, craignant ces sortes de vesses, ont soin de mettre bas leurs culottes, et de lever leur chemise avant de les lâcher : je les appelle gens sages, prudents et prévoyants.

DIAGNOSTIC ET PRONOSTIC

Comme les *vesses foireuses* sortent sans bruit, c'est un signe qu'il n'y a pas beaucoup de vents. L'excrément liquide qu'elles entraînent donne lieu de croire qu'il n'y a rien à appréhender pour la santé, et qu'elles sont salutaires. D'ailleurs, elles indiquent la maturité de la matière, et qu'il est temps de soulager ses reins et son ventre, suivant cet axiome :

Maturum stercus est importabile pondus.

C'est un lourd fardeau que l'envie démesurée d'aller à la selle, envie qu'il faut satisfaire au plus vite ; sans quoi on ferait la besogne de ce diable du pays latin. *Voyez plus haut.*

IX

Des pets et vesses
affectés et involontaires

On donne aux uns et aux autres une même cause efficiente, relativement à la matière des vents qui sont engendrés par l'usage des oignons, des aulx, des raves, des navets, des choux, des ragoûts, des pois, des fêves, des lentilles, des haricots, etc. Ils sont *affectés* ou *involontaires*, et ils se rapportent tous aux espèces précédentes.

Le *pet affecté* ne se passe guère parmi les honnêtes gens, si ce n'est parmi ceux qui logent ensemble, et qui couchent dans le même lit. Alors on peut affecter d'en lâcher quelques-uns, soit pour se faire rire, soit pour se faire pièce, et les pousser même si dodus et si distincts, qu'il n'y ait personne qui ne les prenne pour des coups de couleuvrines. J'ai connu une dame qui, se couvrant l'anus avec sa chemise, s'approchait d'une chandelle récemment éteinte, et pétant et vessant lentement et par gradation, la rallumait avec la dernière adresse ; mais une autre qui la voulut imiter ne réussit point, et réduisit la mèche en une poudre ardente qui se dissipa bientôt dans l'air, et se brûla le derrière, tant il est vrai *qu'il n'est pas permis à tout le monde d'aller à Corinthe*. Mais un amusement plus joli, c'est de recevoir une *vesse* dans sa main, et l'approcher du nez de celui ou de celle avec qui l'on est couché, et de les faire juger du goût ou de l'espèce. J'en connais qui n'aimeraient pas trop ce jeu-là.

Le *pet involontaire* se fait sans la participation de celui qui lui donne l'être, et arrive ordinairement lorsqu'on est couché sur le dos, ou qu'on se baisse, ou lorsque l'on fait de grands éclats de rire, ou enfin quand on éprouve de la crainte. Cette sorte de pet est ordinairement excusable.

X

Des effets des pets et des vesses
Leur utilité particulière

Après avoir parlé des *causes* des *pets* et des *vesses*, il ne nous reste plus qu'à dire quelque chose de leurs *effets* ; et comme ils sont de différente nature, nous les réduirons à deux genres, c'est-à-dire à celui des bons et des mauvais.

Tous pets *bons* sont toujours très salutaires par eux-mêmes, en tant que l'homme se débarrasse d'un vent qui l'incommode. Cette évacuation détourne plusieurs maladies, la douleur hypocondriaque, la fureur, la colique, les tranchées, la passion iliaque, etc.

Mais lorsqu'ils sont resserrés, lorsqu'ils remontent, ou qu'ils ne trouvent pas de sortie, ils attaquent le cerveau par la prodigieuse quantité de vapeurs qu'ils y portent ; ils corrompent l'imagination, rendent l'homme mélancolique et frénétique, et l'accablent de plusieurs autres maladies très fâcheuses. De là les fluxions qui se forment par la distillation des fumées de ces météores sinistres, et qui descendent dans les parties inférieures ; heureux lorsqu'on n'en est quitte que pour la toux, les catharres, etc, comme les médecins le disent et le démontrent sans cesse. Mais, selon moi, le plus grand mal est d'être incapable de toute application et d'être rebuté par l'étude et le travail. Appliquons-nous donc, cher lecteur, à nous débarrasser aussitôt de toute envie de péter, de tous vents tranchants, du moindre malaise enfin causé par les vents ; et au risque de faire tapage, chers concitoyens, rendons-les promptement, et lâchons-les plutôt que de nous incommoder, et de nous exposer à devenir hypocondriaques, mélancoliques, frénétiques et maniaques.

Partez comme moi de ce principe, cher lecteur, qu'il y a utilité particulière en pétant, qui regarde chaque individu ; vous en êtes convaincu par le bien que la présence du pet vous procure, et vous le serez encore plus par les exemples que je veux vous citer de personnes qui ont été dangereusement incommodées pour avoir retenu leurs vents.

Une dame, au milieu d'une assemblée nombreuse, est tout à coup attaquée d'un mal de côté ; alarmée d'un accident si imprévu, elle quitte une fête qui semblait n'être que pour elle, et dont elle était l'ornement. Tout le monde y prend part : on s'agite, on s'inquiète, on vole à son secours ; les disciples d'Hypocrate requis précipitamment s'assemblent, consultent, recherchent la cause du mal, citent force auteurs, s'informent enfin de la conduite et du régime que la dame a tenu : la malade s'examine, elle a retenu un gros pet qui lui demandait son congé.

Une autre, sujette aux vents, retient douze gros pets captifs qui successivement essaient de se faire jour : elle se met à la torture pendant une longue séance, elle se présente ensuite à une table bien servie, croyant y faire figure : qu'arrive-t-il ? Elle dévore des yeux des mets dont elle ne peut tâter : tout est plein, son estomac rempli de vents ne peut plus recevoir de nourriture.

Un petit maître, un abbé poli, un grave magistrat, tous trois également contrefaits dans leurs différentes façons, font de leurs corps une caverne d'Éole ; ils y introduisent les vents, l'un par ses éclats, l'autre dans ses doctes entretiens, et le dernier dans ses longues harangues. Bientôt ils sentent l'effort d'une violente tempête intestine : ils se roidissent contre sa fureur ; pas un d'eux ne lâche le moindre pet. De retour chez eux, une violente colique, que toute la pharmacie peut à peine apaiser, les abat impitoyablement, et les met à deux doigts de la mort.

Que de biens, au contraire, cher lecteur, ne procure point un pet lâché à propos ! Il dissipe tous les symptômes d'une maladie sérieuse ; il bannit toute crainte, et tranquillise par sa présence les esprits alarmés. Tel, se croyant dangereusement malade, appelle à son secours les sectateurs de Galien, qui tout à coup faisant un pet copieux remercie la médecine, et se trouve parfaitement guéri.

Tel autre se lève avec un poids énorme dans l'estomac : il sort du lit tout gonflé ; il n'a cependant point fait d'excès le jour précédent. Sans goût, sans appétit, il ne prend aucune nourriture ; il s'inquiète, il s'alarme : la nuit vient, et ne lui apporte d'autre soulagement que la faible espérance d'un sommeil interrompu. À l'instant qu'il se met au lit, une tempête s'élève dans la basse région : les intestins émus semblent se plaindre ; et, après de violentes secousses, un gros pet se fait jour, et laisse notre malade tout confus de s'être inquiété pour si peu de chose.

Une femme, esclave du préjugé, n'avait jamais connu les avantages du pet. Depuis douze ans, victime malheureuse de sa maladie, et peut-être encore plus de la médecine, elle avait épuisé tous les remèdes. Éclairée enfin sur l'utilité des pets, elle pète librement, elle pète souvent ; plus de douleurs, plus de maladie : il n'est plus question que de se bien porter ; elle jouit d'une santé parfaite.

Voilà les grands avantages que le pet procure à chaque particulier : qui peut après cela lui disputer son utilité, au moins particulière ? si la *vesse* trouble l'économie de la société par sa nature malfaisante, le pet est son antidote ; il la détruit, et il est sûr de l'empêcher de paraître, dès qu'il a eu lui-même assez de force pour se faire un passage : car il est évident, et on ne peut en douter, pour peu qu'on examine les notions que nous avons données du *pet* et de la *vesse*, qu'on ne vesse que parce qu'on n'a pas voulu péter ; et, par conséquent, que, partout où se trouvera le pet, la vesse n'aura point lieu.

XI

Avantages des pets pour la société

L'empereur Claude, cet empereur trois fois grand, qui ne songeait qu'à la santé de ses sujets, ayant été informé que quelques-uns d'eux avaient porté le respect jusqu'au point d'aimer mieux périr que de péter en sa présence, et ayant appris (au rapport de Suétone, de Dion et de bien d'autres historiens) qu'ils avaient été tourmentés, avant de mourir, de coliques affreuses, fît publier un édit, par lequel il permettait à tous ses sujets de péter librement, même à sa table, pourvu qu'on le fît clairement. C'était, sans doute, par antiphrase qu'on lui avait donné le nom de Claude, du mot latin *claudere*, fermer ; car, par son édit, il faisait plutôt ouvrir les organes du pet, qu'il ne les faisait fermer. Et ne serait-il donc pas à propos de faire revivre un pareil édit, qui, selon Cujas, se trouvait dans l'ancien code, comme une infinité d'autres qu'on en a retranchés ?

L'indécence que l'on attache au pet n'a pour principe que l'humeur et le caprice des hommes. Il n'est point contraire aux bonnes mœurs, par

53

conséquent il n'est point dangereux de le permettre ; d'ailleurs nous avons des preuves qu'on pète librement dans plusieurs endroits, et dans quelques parties mêmes du monde poli, et il est de la plus grande cruauté de conserver là-dessus le moindre scrupule.

Dans une certaine paroisse distante de Caen de quatre à cinq lieues*, un particulier, par droit féodal, a exigé longtemps, et peut encore exiger aujourd'hui, un pet et demi par an.

Les Égyptiens avaient fait du pet un dieu, dont on montre encore les figures dans certains cabinets**.

Les anciens, d'après la plus ou moins bruyante sortie de leurs pets, tiraient des augures pour le temps serein ou pluvieux.

Ceux de Pélouse adoraient le pet. Si l'on n'était retenu par la crainte de trop prouver, ne pourrait-on pas conclure que le pet, bien loin d'être indécent, renferme la plus parfaite et la plus majestueuse décence, puisqu'il est le signe extérieur du respect d'un sujet envers son prince ; le tribut d'un vassal à son seigneur ; digne de l'attention d'un César ; l'annonce des changements de temps ; et, pour tout dire, l'objet du culte et de la vénération d'un grand peuple ?

Mais continuons de prouver par d'autres exemples encore que le pet est avantageux à la société.

---

* Recueil des anciens usages et droits des seigneurs, tome 15.
** Diction. abrégé de la fable, par Chompre, au mot *Crepitus ventris*.

Il y a des ennemis de la société, dont le pet arrête les efforts.

Par exemple, dans un cercle nombreux, un petit maître trouve le secret d'ennuyer : depuis une heure il étale ses grâces ; il montre ses dents, et dit force impertinences dont il assomme ses auditeurs. Un *pet* échappé l'arrête tout court, et vient fort à propos tirer tous les esprits de captivité, en faisant division au babil assassin de leur ennemi commun. Ce n'est pas tout, le *pet* procure encore des biens réels. La conversation est le lien le plus charmant de la société ; le *pet* y fournit à merveille.

Une assemblée brillante depuis deux heures garde un silence plus morne que celui qui règne à la Grande-Chartreuse ; les uns se taisent par cérémonie, les autres par timidité, d'autres enfin par ignorance : l'on est près de se séparer sans avoir prononcé un mot. Un pet se fait entendre au travers d'un panier furieux ; aussitôt un murmure sourd prélude à une longue dissertation que la critique dirige et que la plaisanterie assaisonne. C'est donc à ce pet que la société est redevable de la rupture d'un silence burlesque, et de la matière d'une conversation enjouée : le *pet* est donc également utile à la société en général. On pourrait ajouter qu'il lui est agréable.

Les rires, et souvent les éclats qu'excite le pet dès qu'il se fait entendre prouvent assez ses agréments et ses charmes : le plus sérieux personnage perd sa gravité à ses approches ; il n'est point de prud'homie qui tienne contre lui ;

le son harmonieux et imprévu qui constitue son essence dissipe la léthargie des esprits. Dans une troupe de philosophes attentifs aux pompeuses maximes qu'un d'entre eux débite avec méthode, qu'un pet se glisse *incognito*, la morale déroutée prend aussitôt la fuite ; on rit, on se pâme, et la nature se donne carrière d'autant plus volontiers, qu'elle est plus souvent gênée dans ces hommes extraordinaires.

Qu'on ne dise point, par un dernier trait d'injustice, que les ris qu'excite le *pet* sont plutôt signes de pitié et de mépris que la remarque d'une véritable joie ; le pet contient en lui-même un agrément essentiel, indépendant des lieux et des circonstances.

Près d'un malade, une famille en pleurs attend le fatal moment qui doit lui enlever un chef, un fils, un frère ; un pet, parti avec fracas du lit du moribond, suspend la douleur des assistants, fait naître une lueur d'espérance, et excite au moins un sourire.

Si, près d'un moribond, où tout ne respire que la tristesse, le *pet* peut égayer les esprits et dilater les cœurs, doutera-t-on du pouvoir de ses charmes ? En effet, étant susceptible de différentes modifications, il varie ses agréments, par là il doit plaire généralement. Tantôt précipité dans sa sortie, impétueux dans son mouvement, il imite le fracas du canon ; et pour lors il plaît à l'homme de guerre : tantôt retardé dans sa course, gêné dans son passage par les deux hémisphères qui le compriment, il imite les instruments de musique. Bruyant quelquefois dans ses accords, souvent flexible et moelleux dans sa modulation, il doit aux âmes sensibles, et presque à tous les hommes, parce qu'il en est peu qui n'aiment la musique. Le *pet* étant agréable, son utilité, particulière et générale, étant bien démontrée, sa prétendue indécence combattue et détruite, qui pourra lui refuser son suffrage ? Qui osera désormais le taxer d'indécence, quand on le montre permis et approuvé en certains endroits, proscrit seulement en d'autres par les lois seules du préjugé ; quand on fait voir qu'il ne blesse ni la politesse ni les bonnes mœurs, parce qu'il ne frappe les organes que d'un son harmonieux, et qu'il n'afflige jamais l'odorat par une vapeur malfaisante ? Pourrait-on même le regarder comme indifférent, puisqu'il est utile à chaque particulier, en dissipant ses inquiétudes sur les maladies qu'il craignait, et en lui apportant de grands soulagements ? La société enfin serait-elle assez ingrate pour ne pas s'avouer redevable envers lui, lorsqu'il la débarrasse des importuns qui l'accablent, et qu'il contribue à ses plaisirs, en faisant naître partout où il se trouve les rires et les jeux ? *Ce qui est utile, agréable et honnête est censé avoir une bonté et une valeur réelles.* Cic. L. I des *Offices*.

XII

Moyens de dissimuler un pet,
en faveur de ceux qui tiennent au préjugé

Les anciens, loin de blâmer les péteurs, encourageaient au contraire leurs disciples à ne point se gêner. Les stoïciens, dont la philosophie était la plus épurée dans ces temps-là, disaient que la devise des hommes était, *à la liberté* ; et les plus excellents philosophes, Cicéron lui-même, qui en étaient persuadés, préféraient la doctrine stoïque aux autres sectes qui traitaient de la félicité de la vie humaine.

Tous convainquirent leurs adversaires ; et, par des arguments sans réplique, il les obligèrent à reconnaître que, parmi les préceptes salutaires de la vie, non seulement les *pets*, mais encore les *rots*, devaient être libres. On peut voir ces arguments dans la neuvième épître familière de Cicéron à *Pœte* 174 et l'on y verra une infinité de bons conseils ; celui-ci : *qu'il faut faire et se conduire en tout selon que la nature l'exige.* D'après de si excellents préceptes, il est donc inutile d'alléguer avec emphase les lois de la pudeur et de la civilité, qui, malgré les égards qu'on dit qu'elles exigent, ne doivent cependant pas l'emporter sur la conservation de la santé et celle de la vie même.

Mais enfin, si quelqu'un est tellement esclave de ce préjugé qu'il n'en puisse point rompre la chaîne, sans le dissuader de péter lorsque la nature l'exigera, nous allons lui donner les moyens de dissimuler au moins son pet.

Qu'il observe donc, à l'instant que le pet se manifestera, de l'accompagner d'un vigoureux *hem, hem*. Si ses poumons ne sont pas assez forts, qu'il affecte un grand éternuement ; alors il sera accueilli, fêté même de toute la compagnie, et on le comblera de bénédictions. S'il est assez maladroit pour ne pouvoir faire ni l'un ni l'autre, qu'il crache bien fort ; qu'il remue fortement sa chaise ; enfin, qu'il fasse quelque bruit capable de couvrir son pet. Et s'il ne peut faire tout cela, qu'il serre les fesses bien fort ; il arrivera que, par la compression et le resserrement du grand muscle de l'anus, il convertira en femelle ce qui devait se manifester en mâle : mais cette malheureuse finesse fera payer bien cher à l'odorat ce qu'elle épargnera à l'ouïe ; on tombera dans le cas de l'énigme suivante du *Mercure galant* de Boursault.

> Je suis un invisible corps,
> Qui de bas lieu tire mon être ;
> Et je n'ose faire connaître
> Ni qui je suis, ni d'où je sors :

Quand on m'ôte la liberté,
Pour m'échapper, j'use d'adresse
Et deviens femelle traîtresse,
De mâle que j'aurais été.

Mais je ne puis dissimuler à mon tour que toutes les ruses tournent souvent au préjudice de celui qui les emploie, et qu'il arrive fréquemment qu'on fait rentrer dans ses flancs un ennemi qui les déchire impitoyablement. D'où résulteront tous les maux que nous avons détaillés plus haut, chapitre III.

Il peut encore arriver que, voulant se retenir, on commet bien plus d'incongruités, parce qu'alors on ne saurait supporter la douleur des tranchées et des coliques, et que les vents se présentant en foule on lâche une canonnade risiblement épouvantable. C'est ce qui arriva à Œthon dont parle Martial, qui, voulant saluer Jupiter, et se baissant profondément selon la coutume des anciens, lâcha un pet qui fit trembler tout le Capitole.

XIII

Des signes des effets
prochains des pets

On en compte de trois sortes ; les *apodictiques*, les *nécessaires* et les *probables*.

Les signes *apodictiques* sont ceux dont la cause étant présente annonce que l'effet ne tardera pas à se manifester. Ainsi un homme qui aura mangé des pois et d'autres légumes, des raisins, des figues nouvelles, qui aura bu du vin doux, caressé sa femme ou sa maîtresse, peut s'attendre à un signe prochain d'explosion.

Les *nécessaires* sont ceux où il résulte un second effet du premier, comme le tintamarre, la mauvaise odeur, etc.

Enfin, les *probables* sont ceux qui ne se rencontrent pas toujours, et n'accompagnent point ordinairement toutes les espèces de pets, comme la contraction, le bruit ou l'aboiement du ventre, la toux, et les petites ruses de chaises, d'éternuement, ou de trépignement des pieds, pour n'être pas reconnu péteur.

Il est bon de prévenir les jeunes gens et les

vieillards de s'accoutumer à ne point rougir lorsqu'ils péteront ; mais d'en rire les premiers, pour égayer la conversation.

On n'a point encore décidé si péter en urinant est d'un effet malin ou bénin ; pour moi, je le crois bénin, et me fonde sur l'axiome qui me paraît assez vrai, qui dit que :

Mingere cum bombis res est gratissima lumbis.

En effet, pisser sans péter, c'est aller à Dieppe sans voir la mer.

Cependant il est ordinaire de pisser avant que de péter, parce que les vents aident à la première opération en comprimant la vessie, et ils se manifestent ensuite.

XIV

Des remèdes et des moyens
pour provoquer les pets

Comme il est des privations de tous genres, et qu'un assez grand nombre de personnes ne pètent que rarement et difficilement, qu'il leur arrive par conséquent une infinité d'accidents et de maladies, j'ai pensé que je devais écrire pour elles, et mettre en un petit chapitre réservé les remèdes et moyens qui peuvent les exciter à rendre les vents qui les tourmentent. Je dirai donc en deux mots et en leur faveur qu'il y a deux espèces de remèdes pour provoquer les vents, les *internes* et les *externes*.

Les *remèdes internes* sont l'anis, le fenouil, les zédoaires, enfin tous les carminatifs et les échauffants.

Les *remèdes externes* sont les clystères et les suppositoires.

Qu'ils fassent usage des uns et des autres, ils seront certainement soulagés.

On demande s'il y a analogie entre les sons ; si on peut les marier, et en faire un ensemble d'une musique pétifique ? On demande aussi combien il y a de genres de pets par rapport à la différence du son ?

Quant à la première question, un musicien très célèbre répond du succès de la musique demandée, et promet incessamment un concert dans ce genre.

À l'égard de la seconde question, on répond qu'il y a soixante et deux sortes de sons parmi les pets. Car, selon *Cardan*, le podex peut produire et former quatre modes simples de pets, *l'aigu*, le *grave*, le *réfléchi* et le *libre*. De ces modes il s'en forme cinquante-huit, qui, avec l'addition des quatre premiers, donnent, de la prononciation, soixante et deux sons, ou espèces différentes de pets.

Les compte qui voudra.

QUESTION CHIMIQUE

Esprit de pets, pour les taches de rousseur

On demande s'il est possible en chimie de distiller un pet, et d'en tirer la quintessence ?

On répond affirmativement.

Un apothicaire vient de reconnaître tout récemment, que le pet était de la classe des esprits, *è numero spirituum*. Après avoir eu recours à son alambic, voici comme il procéda.

Il fit venir une hybernaise de son voisinage, qui mangeait en un repas autant de viande que six muletiers en mangeraient de Paris à Montpellier. Cette femme ruinée par son appétit et la chaleur de son foie, gagnait sa vie comme elle pouvait. Il lui servit des viandes autant qu'elle en voulut et qu'elle en put manger, avec force légumes venteux. Il lui prescrivit de ne point péter ni vesser sans l'avertir auparavant. Aux approches des vents, il prit un de ces larges récipients, tels qu'on les emploie pour faire l'huile de vitriol, et l'appliqua exactement à son anus, l'excitant encore à péter par des carminatifs agréables, et lui faisant boire de l'eau d'anis ; enfin, de toutes les liqueurs de sa boutique capables de répondre à son intention. L'opération se fit à souhait, c'est à dire, très copieusement. Alors notre apothicaire prit une certaine substance huileuse ou balsamique dont j'ai oublié le nom, qu'il jeta dans le récipient, et fit condenser le tout au soleil par circulation ; ce qui produisit une quintessence merveilleuse. Il s'imagina que quelques gouttes de ce résultat pourraient enlever les taches de rousseur de la peau ; il en essaya le lendemain sur le visage de madame son épouse, qui perdit sur-le-champ toutes ces taches et vit avec plaisir son teint blanchir à vue d'œil. On espère que les dames feront usage de ce spécifique, et qu'elles feront la fortune de l'apothicaire à qui on ne reprochera plus qu'il ne connaissait que la carte des Pays-Bas.

CONCLUSION

Pour ne laisser rien à désirer sur *L'Art de péter*, nous nous flattons qu'on trouvera ici avec plaisir la liste de quelques pets qui n'ont point été insérés dans le cours de cet ouvrage. On ne saurait prévoir tout, principalement cette matière peu battue et traitée pour la première fois. Ce n'a donc été qu'après des mémoires qu'on vient de nous envoyer tout récemment, que nous avons écrit ce qui suit. Nous commencerons par les pets provinciaux, pour faire honneur à la province.

Les pets de province

Gens expérimentés nous assurent que ces pets ne sont pas si falsifiés que ceux de Paris, où l'on raffine sur tout. On ne les sert pas avec tant d'étalage ; mais ils sont naturels et ont un petit goût salin, semblable à celui des huîtres vertes. Ils réveillent agréablement l'appétit.

Pets de ménage

Nous apprenons d'après les remarques d'une grande ménagère de Pétersbourg que ces sortes de pets sont d'un goût excellent dans leur primeur ; et que, quand ils sont chauds, on les croque avec plaisir ; mais que dès qu'ils sont rassis, ils perdent leur saveur, et ressemblent aux pilules qu'on ne prend que par besoin.

Pets de pucelles

On écrit de l'île des Amazones que les pets qu'on y fait sont délicieux et fort recherchés. On dit qu'il n'y a que dans ce pays où l'on en trouve, mais on n'en croit rien : toutefois on avoue qu'ils sont extrêmement rares.

Pets de maîtres en fait d'armes

Des lettres du camp près Constantinople disent que les pets des maîtres en fait d'armes sont terribles, et qu'il ne fait pas bon de les sentir de trop près ; car, comme ils sont toujours plastronnés, on dit qu'il ne faut les approcher que le fleuret à la main.

Pets de demoiselles

Ce sont des mets exquis, surtout dans les grandes villes, où on les prend pour du croquet à la fleur d'orange.

Pets de jeunes filles

Quand ils sont mûrs, ils ont un petit goût de revenez-y, qui flatte les véritables connaisseurs.

Pets de femmes mariées

On aurait bien un long mémoire à transcrire sur ces pets ; mais on se contentera de la conclusion de l'auteur, et l'on dira, d'après lui, qu'« ils n'ont de goût que pour les amants ; et que les maris n'en font pas d'ordinaire grand cas. »

Pets de bourgeoises

La bourgeoisie de Rouen et celle de Caen nous ont envoyé une longue adresse en forme de dissertation sur la nature des pets de leurs femmes : nous voudrions bien satisfaire l'une et l'autre, en transcrivant cette dissertation de son long ; mais les bornes que nous nous sommes prescrites nous le défendent. Nous dirons en général que le pet de bourgeoise est d'un assez bon fumet, lorsqu'il est bien dodu et proprement accommodé, et que, faute d'autres, on peut très bien s'en contenter.

Pets de paysannes

Pour répondre à certains mauvais plaisants qui ont perdu de réputation les pets de paysannes, on écrit des environs d'Orléans qu'ils sont très beaux et très bien faits : quoique accommodés à la villageoise, qu'ils sont encore de fort bon goût : et l'on assure les voyageurs que c'est un véritable morceau pour eux, et qu'ils pourront les avaler en toute sûreté comme des gobets à la courte-queue.

Pets de bergers

Les Bergères de la vallée de Tempé en Thessalie nous donnent avis que leurs pets ont le véritable fumet du pet, c'est-à-dire qu'ils sentent le sauvageon, parce qu'ils sont produits dans un terrain où il ne croît que des aromates, comme le serpolet, la marjolaine, etc., et qu'elles entendent qu'on distingue leurs pets de ceux des autres bergères qui prennent naissance dans un terroir inculte. La marque distinctive qu'elles enseignent pour les reconnaître et n'y être pas trompé, c'est de faire ce que l'on fait aux lapins pour être sûrs qu'ils sont de garenne, flairer au moule.

Pets de vieilles

Le commerce de ces pets est si désagréable qu'on ne trouve pas de marchand pour les négocier. On ne prétend pas pour cela empêcher personne d'y mettre le nez ; le commerce est libre.

Pets de boulangers

Voici une petite note que nous avons reçue à ce sujet d'un maître boulanger du Havre :

L'effort, dit-il, que l'ouvrier fait en faisant sa pâte, le ventre serré contre le pétrin, rend les pets

71

diphtongues : ils tiennent quelquefois comme des hannetons, et on pourrait en avaler une douzaine tout d'une tire.

Cette remarque est des plus savantes, et de fort bonne digestion.

Pets de potiers de terre

Quoiqu'ils soient faits au tour, ils n'en sont pas meilleurs ; ils sont sales, et tiennent aux doigts. On ne peut les toucher, crainte de s'emberner.

Pets de tailleurs

Ils sont de bonne taille, et ont un goût de prunes : mais les noyaux en sont à craindre.

Pets de géographes

Semblables à des girouettes, ils tournent à tous les vents. Quelquefois cependant ils s'arrêtent du côté du Nord, ce qui les rend perfides.

Pets de laïs

On en trouve d'assez drôles ; leur goût est assez appétissant ; ils crient toujours famine en langue allemande : mais prenez-y garde, il y a bien de l'alliage. Si vous ne trouvez pas mieux, prenez-les au poinçon de Paris.

Pets de cocus

Il y en a de deux sortes. Les uns sont doux, affables, mous, etc. Ce sont les pets des *Cocus volontaires* : ils ne sont pas malfaisants. Les autres sont brusques, sans raison et furieux ; il faut s'en donner de garde. Ils ressemblent au limaçon qui ne sort de sa coquille que les cornes les premières. *Fœnum habent in cornu.*

Ludere non Lœdere.

HISTOIRE
DU PRINCE
PET-EN-L'AIR
ET DE LA REINE
DES AMAZONES

OÙ L'ON VOIT L'ORIGINE
DES VIDANGEURS

Il y avait trois mille ans que le roi Pet-en-l'Air était en guerre avec la reine des Amazones, au sujet d'un fort que cette dernière lui redemandait. Les incursions qu'ils faisaient réciproquement sur leurs terres les chagrinaient beaucoup, et ils en étaient fatigués. Enfin, ils résolurent de vider le différent par les moyens que voici.

Il fut arrêté que la reine enverrait une de ses sujettes, la plus vaillante qu'elle connaîtrait, et que Pet-en-l'Air choisirait de son côté le champion le plus courageux des siens pour se battre avec elle ; et que celui des deux qui remporterait la victoire donnerait la possession du fort à son maître ou à sa maîtresse. Les deux partis nommèrent un expert commun pour juge du combat, et le jour fut indiqué. La députée arriva.

Mais comme les hommes sont des traîtres, qui prennent plaisir à mortifier les femmes, Pet-en-l'Air fit une injure sanglante à la reine des Amazones, dans la personne de l'héroïne qu'elle avait envoyée pour se battre en champ clos.

Premièrement, il lui fit refuser l'entrée de la ville, et signifier d'attendre à la porte.

Secondement, il lui envoya son premier maître en fait d'armes, à qui il ordonna de paraître au cartel seulement avec son plastron, et sans épée, suivi d'un de ses élèves, armé d'un fleuret, et de lui montrer toujours le dos, en tournant autour d'elle.

Troisièmement, il fit monter sur le fort contentieux, au bas duquel devait se faire le combat, plusieurs de ses sujets, avec ordre d'ôter les canons des créneaux, et de présenter à la députée de la reine, dès qu'elle paraîtrait, chacun leur derrière ; ce qui fut exécuté de point en point.

Lors donc que l'héroïne parut, elle fut très surprise de trouver les portes fermées, et de ne voir pour champions que deux hommes tels que je viens de le dire ; mais son indignation augmenta lorsqu'elle aperçut l'attitude et le jeu du maître en fait d'armes, et qu'elle vit la nouvelle espèce de canons qu'on lui présentait, et qui tiraient comme ils devaient, et tant qu'ils pouvaient. Elle en grinça les dents de rage et de désespoir.

Mais comme la prudence des femmes et leur présence d'esprit les tirent plus ordinairement d'affaire que les hommes, il lui vint en pensée un expédient qu'elle exécuta sur-le-champ.

Elle feignit tout à coup de ne plus être choquée de l'insulte de Pet-en-l'Air ; et, adressant la parole au maître en fait d'armes, à son élève, et à l'expert, elle leur parla ainsi :

« Je vois bien, mes amis, que Pet-en-l'Air, votre maître, veut se divertir, et qu'il profite du carnaval pour me donner un plat de son métier ; mais divertissons-nous aussi : cessons dès ce moment de nous regarder en ennemis, et perdons l'envie de nous battre, puisqu'il paraît qu'il n'en est plus question. Voici un autre combat que je vous offre, ajouta-t-elle : escrimons en pétant, et que celui qui pétera le plus galamment et le plus joliment soit reconnu le vainqueur de l'autre ; M. l'expert jugera, et le traité tiendra comme si en effet nous nous étions battus. »

Le maître en fait d'armes fit d'abord quelque difficulté ; mais comme l'Amazone était jolie, il se laissa persuader. On topa de part et d'autre, et la convention fut signée réciproquement.

L'expert se plaça entre les parties. Chacun ayant pris son sérieux, on fit silence. Alors le maître en fait d'armes mit bas poliment ses culottes, et lâcha le premier pet. Mais quel pet ! ah, quel pet ! c'était peut-être le pet le plus effrayant et le plus pestiféré qui onques eût jamais été lâché et entendu. Son élève n'y put tenir ; et comme il durait encore, il fut obligé, pour le faire cesser, d'appliquer son fleuret à l'entrée du canal par où il continuait de sortir ; et M. l'expert, pâlissant de colère, recula dix pas, et alla se placer derrière l'Amazone pour se mettre à couvert de l'infection.

L'héroïne indignée ne ménagea plus rien. *Attends, dit-elle, cadavre retiré de la fange du Cocyte, je vais t'apprendre...* Elle ne put achever ; et prenant une flèche, elle allait la lancer à son adversaire, quand elle-même fit un pet flûté, qui s'épancha gracieusement sans odeur, et avec des sons d'une mélodie enchanteresse. L'enthousiasme où entra alors l'expert, et le cri aigu de joie qu'il poussa à la naissance de ce pet, tint le bras et la flèche de l'Amazone suspendus, et donna le temps au maître en fait d'armes de prendre la fuite. Aussitôt on entendit dans les airs une voix qui dit distinctement : *La reine des Amazones est victorieuse ; ce pet est un pet de pucelle : expert, écris-le, afin qu'on s'en souvienne.* Il traça dans l'instant sur la terre le chiffre 1 : et dit, avec un grand hélas : *voilà donc le premier !* L'assemblée se sépara, l'Amazone reprit le chemin de son pays.

Pet-en-l'Air ne tarda point à être informé de cette merveilleuse aventure. Il se repentit de son impertinence ; mais il n'était plus temps. L'héroïne avait rendu compte à la reine de cette insulte ; vingt rois ses voisins, qui avaient été présents au récit qu'elle en avait fait, en furent si indignés qu'ils se joignirent dès le lendemain aux Amazones, chassèrent Pet-en-l'Air de ses États. Ils en revêtirent la reine ; et après avoir fait remplir de poix les calibres insolents qui

avaient paru sur les créneaux ils les condam-
nèrent à vider toutes les fosses de commodités
de cette partie du monde qu'habitent les Amazones, et c'est de leurs enfants que nous avons
des vidangeurs en France.

À LEURS EXCELLENCES
MESSEIGNEURS CARNAVAL
ET CARÊME-PRENANT

Messeigneurs,

Sous quels auspices, mieux que sous ceux de Vos Excellences, pouvait paraître L'Art de péter ? Et qu'est-il besoin d'exposer ici les raisons que j'ai de vous l'offrir ? Le public les sait déjà toutes : il sait que cet ouvrage a été entrepris et composé avec votre aveu, et que Carnaval et Carême-Prenant doivent s'intéresser au sort d'un Livre qui servira à son auteur de voiture dans la route de l'immortalité. D'ailleurs, bien capables vous-mêmes de le produire, qui serait plus capable d'en sentir le prix que Vos Excellences ?

Je devrais faire ici votre éloge et célébrer votre origine, qui va se perdre dans les siècles dont on ne se souvient plus ; je parcourrais ensuite l'histoire de vos illustres aïeux ; je passerais enfin à vos talents qui ont mérité de passer en proverbe ;

mais la connaissance que j'ai de ma maladresse et la peur que j'aurais de casser les nez de Vos Excellences à coup d'encensoir ne me permettent pas d'en courir les risques à la tête d'un ouvrage où vous aurez souvent besoin de ce précieux organe.

Je suis avec un profond respect et un dévouement continuel,

MESSEIGNEURS,
DE VOS EXCELLENCES,

Le très humble et très
obéissant serviteur,
CAPUT APRINUM CELERRIMUM.

TABLE

PETERIANA, OU L'ART DE PÉTER

RÉALISATION : IGS-CHARENTE-PHOTOGRAVURE À L'ISLE-D'ESPAGNAC

Cet ouvrage a été imprimé en France par
CPI Bussière
à Saint-Amand-Montrond (Cher)
en janvier 2011.
N° d'édition : 104074. - N° d'impression : 101667.
Dépôt légal : février 2011.

Éditions Points

Le catalogue complet de nos collections est sur Le Cercle Points, ainsi que des interviews de vos auteurs préférés, des jeux-concours, des conseils de lecture, des extraits en avant-première…

www.lecerclepoints.com